EL RULAS

atrapado en el mundo gamer

DESTINO INFANTIL Y JUVENIL, 2025
infoinfantilyjuvenil@planeta.es
www.planetadelibrosinfantilyjuvenil.es
www.planetadelibros.com
Editado por Editorial Planeta, S. A.

Avda. Diagonal, 662-664, 08034 Barcelona
Primera edición: abril de 2025
Segunda impresión: julio de 2025
ISBN: 978-84-08-29946-2
Depósito legal: B. 5.438-2025
Impreso en España – *Printed in Spain*

El papel de este libro procede de bosques gestionados de forma sostenible y de fuentes controladas.

ANIMALIZE21

EL RULAS

atrapado en el mundo gamer

DESTINO

UNA FIESTA MAZO TOCHA

¡Eeeeh!
¡ESA
PEÑAAAAAaaaaaAAAAAaaaaaaa!

¿Qué pasa? ¡Soy yo, el Rulas!

¡El macarrilla más famoso de toda la ciudad!

¿Cómo? ¿Que *ya lo sabes*? ¿Que me repito más que *el ajo*? ¿Que me repito más que *un ajo tartamudo*? ¿Que tú solo has comprado este libro porque ya tienes los *tres primeros* y no quieres dejar la colección a medias... pero que cada nueva aventura mía *está menos currada que la anterior*? **¿Que estoy más quemado que el guante de un bombero?** ¿Que Animalize ha tenido que sacar el libro de *El misterio de la Fantasy House* porque yo ya me he quedado *sin ideas*?

Pues para que veas que *todavía tengo ideas*, ahí va un acertijo que se me acaba de ocurrir. Ejem, ejem... ¿qué tienen en común *un secador de pelo* y *tú*? **¿No lo sabes?** Pues que a los dos...

¡... OS ENCHUFO!

Aquí el que no tiene *ni idea* eres tú: ¡mis libros están *que lo petan*! A ver, ¿cuántos libros conoces que hayan vendido *+175 k*? **¿Ein?** *¿Don Quijote de la Mancha*? **¿Y eso qué es?** ¿Un libro de un viejales que va por ahí *disfrazado de caballero*?

¡No me vaciles, anda!

Mira, si te portas bien y no me calientas, te voy a invitar al evento del año —o al *eventeishon of the year*, para los que no sabéis inglés—, que es nada menos que una *fiesta mazo tocha que me han preparado* para celebrar el *superexitazo* de *mis* libros. **¿Que dónde es, dices?** ¡Pues en la Fantasy House, dónde va a ser! Sí, sí: ya sé que esa es la casa del *pelocepillo* del Animalizes, ¡pero es que una movida tan *tocha* no podía celebrarse en ningún otro sitio!

¡Me muero de ganas de ver la que me han montado! Tú por si acaso no te separes mucho de mí, porque con la cantidad de peña que va a haber es posible que te desorientes un poco. Va a ser *la caña, hermano*, una *auténtica pasa*...

¡¡ENORAVUENA!!
RULAS
RULAS
¡Lee el QR para ver el vídeo de este momento!

¡¿PERO QUÉ CLASE DE FIESTA ES ESTA?!

¡¿Me estáis vacilando o qué?! El Animalizes puede ir buscando a otro de sus *personajes frikis* para que protagonice este libro, porque yo... ¡me piro de aquí!

¡Ahí os quedáis, *parguelas*!

FIN

Bufff, no veas cómo se ha puesto el Rulas, ¿no?

Ah, hola. Soy yo: Animalize21.

¡Vuestro youtuber favorito!

Tengo que reconocer que, por una vez en la vida, el Rulas no iba del todo desencaminado... ¡su colección de libros está siendo un *exitazo*! Y en el fondo... muy en el fondo... muy pero que muy en el fondo... más o menos al mismo nivel de profundidad en el que ya se empiezan a encontrar *fósiles de dinosaurio*... admito que

parte del mérito es *suyo*. Es cierto que el tío no para de liarla y que tiene más peligro que un chimpancé delante de un botón de detonar *misiles nucleares*... ¡pero también es verdad que estos libros no serían lo mismo sin él! No sé. Quizá tendría que haberle preparado una fiesta un poco más currada. Seguro que si le compro un *regalito* se le pasa el mosqueo. ¿Pero qué podría regalarle?

¿Ropa? Nah... ¡el tío lleva el *mismo modelito* desde que entró en primero de la ESO!

¿Libros? ¡Pero si cada dos por tres está pillando intoxicaciones porque, por no leer, no lee ni *la fecha de caducidad* de los alimentos!

¿Una tarde en el parque de atracciones? ¡Imposible! ¡Le han prohibido la entrada en todos los del país por robarle el algodón de azúcar a los niños y vacilarle a las mascotas!

Mmm... Tiene que haber algún regalo para el Rulas, ¿Pero cuál? **¡¿cuál?!**

—¡CUÁ! ¡CUÁ! ¡CIERRA LA CENSURADO BOCA, QUE PARECES UN CENSURADO PATO!

—**¡Oh no!** ¡Lo que me faltaba! La única persona que conozco que es incluso más macarra que el Rulas: **¡su padre!**

—MIRA, CHAVAL, VOY A HACER VER QUE NO HE OÍDO ESO DE QUE *SOY UN MACARRA*, PORQUE SI NO TENDRÍA QUE METERTE LA **CENSURADO** POR EL **CENSURADO**, SACÁRTELA POR LA **CENSURADO** Y LUEGO **CENSURADO**. **CENSURADO**, **CENSURADO**, **CENSURADO**. Y DE PROPINA, **CENSURADO**.

¡Lee el QR para ver el vídeo de este momento!

—Vale, vale. Creo que ya lo pillo. Y dígame, además de para amenazarme... ¿se ha dejado caer por aquí por algún motivo?

—¡PUES CLARO, PEDAZO DE CENSURADO! RESULTA QUE ANDABA YO POR AQUÍ POR UNA DE ESAS CA-*SUALIDADES DE LA VIDA*...

—**¿Casualidades de la vida?** ¿Se cree que no sé que se dedica a gorronear el wifi de la Fantasy House?

—VOY A HACER QUE TAMPOCO HE OÍDO ESO... EL *CASO* ES QUE LO QUE SÍ HE OÍDO ES QUE QUERÍAS REGALARLE ALGO A MI HIJO, Y ME HE DICHO A MÍ MISMO: «¡CENSURADO! ¡PERO SI YO TENGO ALGO QUE ES PERFECTO PARA ÉL!».

—¡Ah! Entonces, ¿va a regalárselo usted mismo? ¡Es todo un detalle!

—¿*REGALARLE* ALGO A MI HIJO *YO*? ¿PERO QUÉ CENSURADO DICES? ¡LO QUE QUIERO ES *VENDÉRTELO* A TI, PEDAZO DE CENSURADO! ¡AL LORO CON ESTA GANGA, CHAVAL! ¡CASI A ESTRENAR! ¡SIN APENAS KILOMETRAJE!

Mmm... la consola tiene una pinta ligeramente sospechosilla, para qué engañarnos. Pero ahora mismo no tengo nada mejor a mano. No sé, puede que al Rulas le mole. Voy a llevársela a esa tienda de campaña roñosa que tiene plantada en la entrada de la Fantasy House.

¡A ver si así se le pasa el mosqueo!

UNOS MINUTILLOS MÁS TARDE...
PRO
DESTINO
DESTINO

¡Pedazo de consola que me ha regalado el *Animalizes*, tronco! Al principio me pareció que era *un poco rara*, pero él me explicó que es porque está *mazo tuneada*, ¡justo lo que a mí me mola! Eso sí: si ese se cree que al Rulas se le puede comprar con un *simple regalito* y que solo con eso ya voy *a volver a su libro*...

¡pues tiene toda la razón!

Pero antes voy a echar unas *partidillas mazo guapas*. ¡*Lo primero es lo primero*!

¡Eh! ¡Un momento!
¡La consola no funciona!

Voy a probar dándole unos *golpecitos*, a ver si así se enciende...

Tap, tap.

¡*Nada*! Quizá con unas *pataditas* hay más suerte...

¡Paf! ¡Paf!

¡Tampoco! Voy a probar a darle unas *pequeñas caricias* con mi bate de beisbol...

¡CRASH! ¡CRASH!

¡Toma! ¡Ya tira! ¿Pero qué son todas esas chispas? ¿Y esos relámpagos de luz? No sé, ¡creo que esto es mazo raro, hermano!

¡ZAP ZAP ZAP!

TRANSFORMACIÓN DEL RULAS N.º 1

SUPER MARIANO Y HERMANOS, DESATRANQUES

¡¿Pero qué *movidote* es este, colega?! Todo lo que sé es que estaba utilizando mis *avanzados conocimientos de tecnología* para reparar mi consola nueva —o *using my advanced technological yatusabe for reparing my new consolation*, para los que no sabéis inglés— y de repente... me cae un *calambrazo* que casi me deja seco... y luego voy y me despierto en mitad de... de... **¿dónde demonios se supone que me he despertado?** Y ya que estamos con la *ronda de preguntas*... ¡¿por qué tengo *esta sensación tan extraña en el cuerpo?!*

¡Me noto mazo raro!

Como más bajito, más rechoncho, más... como si fuera un fontanero italiano... A ver, ya sé que en mis libros siempre me pasan *mogollón de aventuras mazo raras*... primero me robaron la motillo, luego jugué un torneo de fútbol con un equipo que era más malo que *sonarse los mocos con papel de lija*, y luego di una vuelta al mundo en un crucero que me puso en la lista de los *delincuentes más buscados* en varios países... **¡Pero es que esto ya es el colmo!** No se me ocurre qué podría pasar ahora que fuese todavía *más loco y ridículo*...

¡SALUDOS, ELEGIDO!

—**¿Ein?** Ese es el Ales, ¿no? **¡Qué pintas me lleva!** ¿Qué dices de elegido? **¿Elegido para qué?** ¿No será para desatascar esas tuberías de ahí? A mí no me vaciles, que igual lo que te desatasco es el *cerebro*... **¡de una colleja!**

—No. No. Nononono. Eres el elegido para... ¡liberarnos a todos de la maldición de la consola piratilla!

—No tengo *ni idea* de qué me estás hablando... ¡pero eso suena a que me volverán a pasar mazo de movidas raras!

—Resulta que lo que te han regalado no es una consola normal, Rulas. Es una consola tan cutre y que funciona tan mal que, en vez de proporcionarte una experiencia de juego absorbente, lo que hace es absorberte dentro del juego. ¡Literalmente!

—A ver si lo entiendo: ¿me estás diciendo que no solo estamos *dentro de un libro*, sino que, en el libro, estamos atrapados *dentro de una consola*? **¡¿Pero es que no puedo protagonizar ni una sola historia que no sea una ida de olla total o qué?!**

—Ahora mismo nos encontramos dentro del clásico juego de los años ochenta SUPER MARIANO Y HERMANOS, DESATRANQUES.

—¡Pues por mí como si nos encontramos dentro del parchís! A mí no me calientes más la olla, hermano.

¡Yo me piro de aquí!

—¡Espera, Rulas! ¡No es tan senci...!

2

3
R.I.P

—¡*Eh*! ¡¿Se puede saber qué acaba de pasar?!

¡Eso ha dolido, tronco!

—¡Pues que **has perdido una vida**, Rulas! Tienes que entender una cosa: el mundo de la consola piratilla en el que estás atrapado no tiene nada que ver con el de la vida real. Esa línea de corazones son tus vidas. Solo tienes siete. Bueno, ahora seis. Y te encuentras en un mundo repleto de peligros, de retos escalofriantes, de desafíos que pondrán a prueba todo tu ingenio y tu habili...

—**¡Corta el rollo, colega!** ¡De todo eso se encarga la persona que está leyendo el libro, que al final siempre se enrolla y me echa una manita cuando las cosas se ponen feas!

—De acuerdo, pero tienes que saber una cosa más. Si todos los corazones se acaban...

¡te quedarás atrapado dentro de la consola para siempre!

—**¿Para siempre?** ¿Significa eso que ya no podré montar más en la motillo?

—No, no podrás.

—¿Y significa que ya no podré robarle el almuerzo a los parguelas del cole a la hora del recreo?

—Tampoco.

—¿Y significa que ya no podré disfrutar del alegre canto de los pájaros, los atardeceres nevados y los largos paseos por la playa?

—Tampoco. ¿Pero cuándo has hecho tú eso?

—Nunca. Solo lo preguntaba por curiosidad.

—Presta atención, Rulas. Para superar el reto de SUPER MARIANO Y HERMANOS, DESATRANQUES, solo tienes que hacer gala de tus dotes plataformeras y **pasarte la pantalla**.

—¿Ein? ¡Dímelo de una forma que lo entienda, bro!

—¿Ves esa **tubería** que está ahí a lo lejos? ¡Pues solo tienes que llegar hasta ella!

X 0
X 1

UNOS ÉPICOS MINUTILLOS MÁS TARDE...

¡*Madre mía*! No me preguntes cómo he conseguido superar todo este caos infernal, tronco, porque ni yo mismo lo sé... ¡Supongo que tantos años de entrenamiento jugando a la consola al final han servido para algo!

Y ahora, ¿la única salida es meterme por esta tubería roñosa? Buah, hermano, después de pasar tantos peligros no quiero ni imaginarme lo que me espera ahí abajo... ¿El monstruo final? ¿Una marea de ratas asesinas? ¿Un río de aguas putrefactas? En fin, solo hay una forma de descubrirlo si quiero salir de aquí...

¡Vamos allá!

Ayuda al Rulas a llegar hasta la bandera.

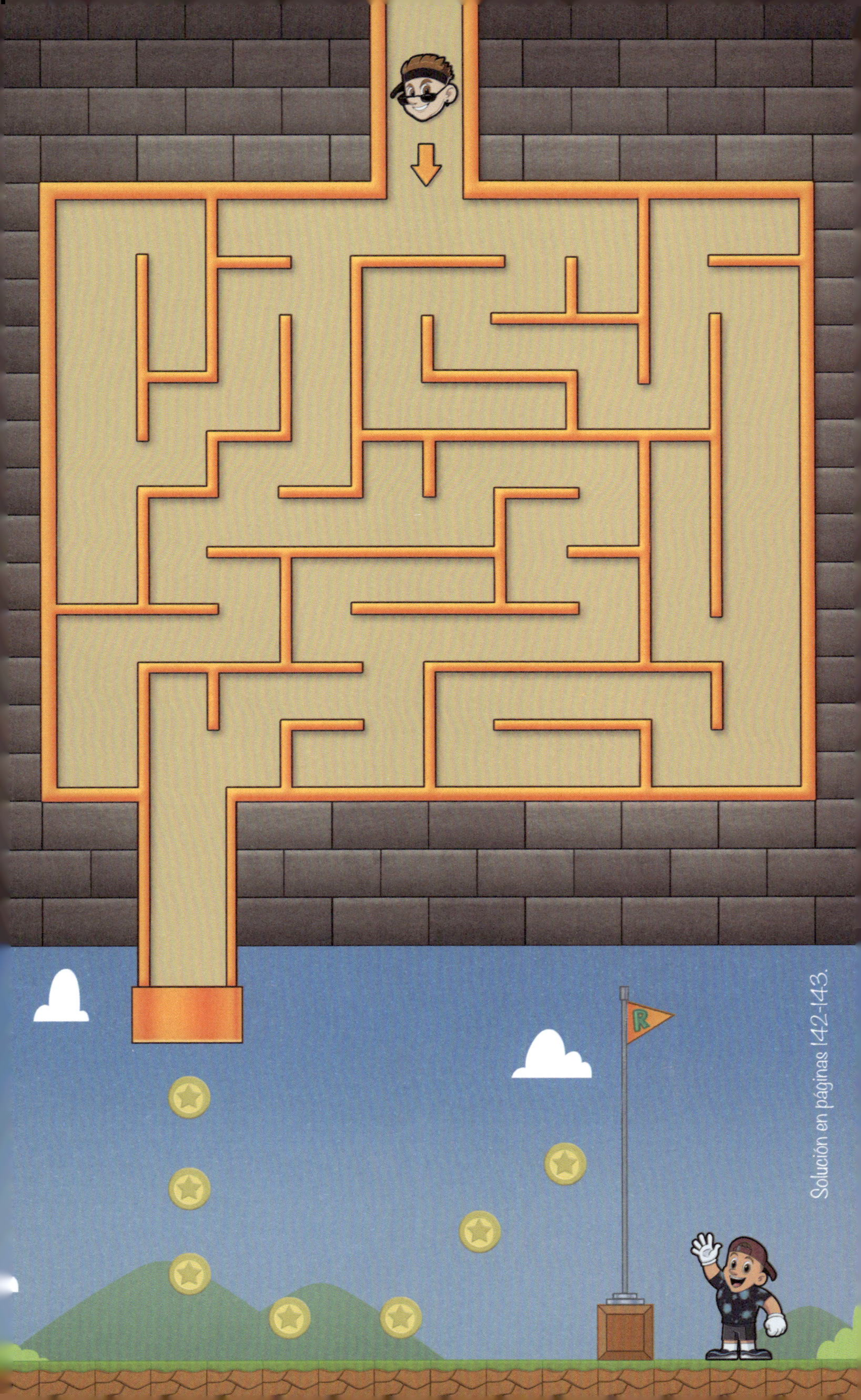

Solución en páginas 142-143.

Uf, hermano, gracias por ayudarme a atravesar el laberinto. **¡Vaya equipazo formamos!** ¡Nos hemos pasado el juego y hemos roto la maldición de la consola piratilla! Supongo que ahora me pasaré el resto del libro yendo por ahí en la motillo a toda mecha. Ya era hora de que me tocase una aventura tranquilita, **¿no?**

ZAP!

TRANSFORMACIÓN DEL RULAS N.º 2

CAMPERNITE

¿¡Pero qué ha sido eso?!

¡¿En serio estoy atrapado en otro videojuego?!

De acuerdo: **podría haberme imaginado** que la maldición de la consola piratilla no iba a ser taaaaan fácil de romper...

... Y **podría haberme imaginado** que tras superar el reto del primer juego iba a ir a parar a otros juegos con otros retos, en lugar de regresar al mundo real...

... Y, desde luego, **también podría haberme imaginado** que no iba a pasarme el resto del libro tocándome las narices...

¡... lo que no podía imaginarme es que me lanzarían en un parapente desde el cielo e intentarían estamparme contra el suelo!

Pero aquí sigo. **¡A ver qué tontería me toca hacer ahora!** De momento, creo que este juego tiene una cosa *muy mala* y una *muy buena*. La *mala* es que este sitio me da muy mal rollito. ¡Todo está en silencio, pero no sé por qué no me acabo de fiar! ¿Que cuál es la *buena*? Pues...

Está *to flama* la scar esta, ¿no crees? ¡Ojalá hubiese tenido una de estas en mis otras aventuras! ¿Te imaginas? ¡Ya te digo yo que con *esto* la *motillo perdida* habría aparecido mucho más rápido!

Bueno... Pues nada... Mucha arma tocha pero aquí no pasa nada de na...

—Estooo... ¿*Hola*?

—Bienvenido a *CAMPERNITE*, Rulas.

—Un placer, chavales. Pero yo ya me iba... No os molestéis en acompañarme, ¡conozco la sali...! Espera, espera... **¿cómo es que sabéis mi nombre?**

—Porque somos... *tus mayores fans*.

—**¿Mis fans?** ¡Pero eso se dice antes, troncos! Estaré encantado de firmaros un autógrafo.

—**¡No hemos venido a eso!**

—¿Ah no? **¿Un selfi, entonces?**

—**¡Tampoco!** En cuanto nos hemos enterado de que estabas en este juego, nos hemos conectado para... compartir *un par de opiniones* sobre tus libros.

—**¿Opiniones?** ¿Es sobre lo mucho que molan? ¿Es sobre lo mazo guapo que salgo siempre en ellos?

—Más bien sobre esa costumbre que tienes de *amenazar con enchufar* a los lectores...

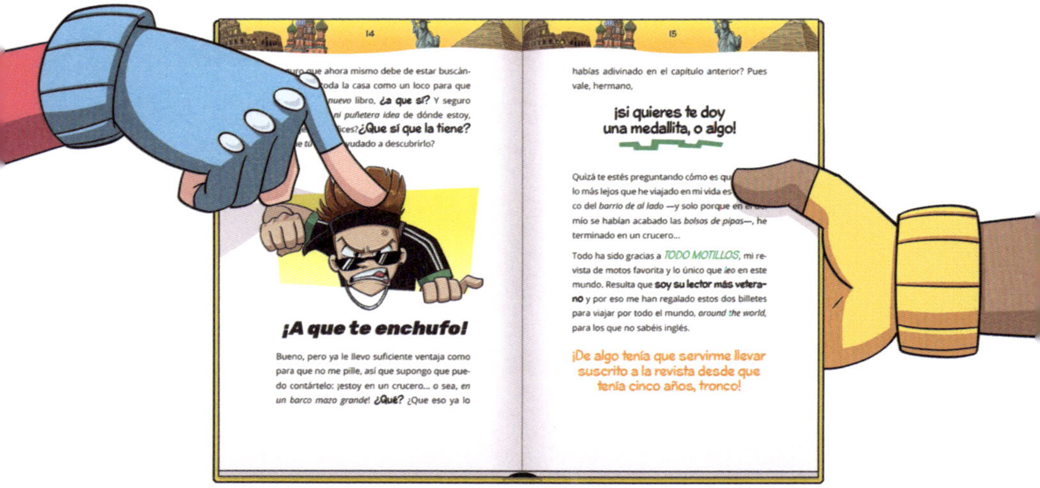

—**Jejeje...** A ver, eso es una forma de hablar...

—Para superar el reto de este videojuego, tendrás que **derrotar a todos los jugadores rivales**. Y no te lo vamos a poner fácil. ¡A ver si así escarmientas de una vez y te calmas un poco en tus *futuros libros*!

—A ver, hermanos. **¿Qué tal si nos calmamos todos?** Me parece *mazo de mal* que tengamos que enchufarnos unos a otros para resolver esta movida, ¿sabes? Lo que tendríamos que hacer es *respirar hondo*, *contar hasta diez*, tomarnos una tila, y discutir esto como personas adul...

¡ATAQUE SORPRESA!

Oh, oh...

¡Ha llegado la hora de *darse el piro* de aquí!

¡Ahí os quedáis, parguelas! ¡Nunca podréis alcanzarme!

¡Soy el hijo del viento!

UN PAR DE MINUTOS MÁS TARDE...

—¡Creo que los he despistado! ¡Je, je, je! Ya sea en la *motillo* o *quemando zapatilla*, no hay nadie *tan veloz* como el Rulas en todo el plane...

—¡Ya te tenemos, Rulas! ¡No tienes escapatoria!

—¡¿Qué?! ¿Pero cómo habéis llegado aquí *tan rápido*?

—¿De qué hablas? Nosotros somos los mayores fans de **Animalize21**. Cuando tus fans nos dijeron que estabas en este juego, nos hemos conectado para... compartir *un par de opiniones* sobre esa costumbre que tienes de *pasarte el día metiéndote con él* y *llamándole de todo*.

¡Glups! ¡Ya no me queda ningún lugar al que escapar! **¡Ahora sí que se ha puesto la cosa chunga!** Estoy con el *agua al cuello* —o *with the neck in the water*, para los que no sabéis inglés—. ¿Será este... *el final del Rulas*? ¡Necesito ayuda como nunca la había necesitado antes!

—A ver, nenes: **¡pero cómo se os ocurre jugar con las pistolitas así vestidos! ¡Poneos una bufanda, que se ha levantado viento y vais a coger frío!**

¡¿Pero qué hace aquí la Abuela?!

¿Y *qué clase de turra* les está soltando a la peña que venía a por mí? No me lo puedo creer: ¡son sus batallitas de *cuando era portera*! **¡Buah, colega!** **¡Vaya chapa más in-so-por-ta-ble!** Es *tan insoportable* que… ¡los jugadores se están aburriendo tanto que prefieren *abandonar la partida* a seguir aguantándola! **¡Flipa, tronco!**

¡La Abuela me acaba de salvar el pellejo!

—Ay, nene, **¡es que para eso estamos las abuelas!** Bueno, para eso y para otra cosa…

—A ver, a ver, a ver, a ver, Abuela, ¿dónde vas con esos pistolones? **¡Mira que esas cosas hacen mucha pupa!**

—No son pistolones, nene. Es un *Six Shooter Legendario* que está bien chetado.

—Pe… pe… pero… **¿tú cómo sabes eso?**

—¡Pues porque me paso las horas muertas jugando al CAMPERNITE! **¡A ver si te crees que lo único que hago es hornear galletas! ¡Pues no!** Y cuando me enteré de que estabas en este juego... me he conectado para echar una partidilla. Para echarla...

¡Y PARA GANARLA!

—**¡Claro! ¡Por eso todavía sigo aquí!** Porque el reto que debo superar para salir es *derrotar a todos los jugadores rivales...*

¡y todavía quedas tú!

ABUELA VS EL RULAS

DOOONG!!
NO PUEDO

— **¡Jo! ¡Es que no puedo!** Quizá seas una brasas que se pasa el día atiborrándome a base de *polvorones resecos*, **¡pero no puedo enfrentarme a ti, Abuela!** Tendré que dejar que me derrotes. Aunque sé que tú nunca harías algo así, ¿verdad?

—Lo siento, nene, pero me parece que eres demasiado tirillas como para sobrevivir aquí. **¡En CAMPERNITE solo pueden quedar los más fuertes!**

¡Madre mía!

¡La Abuela va mazo en serio!

¡Ese capón me ha quitado otra vida!

¡Y yo aquí, con esta pistolita que para lo único que sirve es para *refrescarse en verano*! ¿Recuerdas cuando, hace un par de páginas, he dicho que *necesitaba ayuda como nunca la había necesitado antes*? **¡Pues era mentira! ¡Ahora es cuando de verdad la necesito!**

¡Date prisa!

Dibuja y colorea tu diseño de arma brutal para que el Rulas obtenga una victoria épica.

¡Esto ya es otra cosa! ¡Tú y yo juntos podemos enfrentarnos a la Abuela y a lo que nos echen! El problema es que... ¡sigo sin querer *hacerle daño*! Si fuese el plasta de Animalize, pues aún. Pero por mucho que en este juego se esté portando como una psicópata, la Abuela es una señora mayor, **¡y hasta yo tengo mis límites!**

¿Qué dices? ¿Que se te ocurre alguna forma de *derrotarla* sin, ya sabes, *coserla a balazos*? ¿Sí? **¡Genial! ¡Acabas de ahorrarme un auténtico marronazo!**

Rellena los espacios en blanco para derrotar a la Abuela sin que el Rulas se sienta culpable:

¿CÓMO DERROTARÍAS TÚ A LA ABUELA?

El combate final contra la Abuela solo se podía describir con una palabra: ....
Ambos estábamos en ...., sin espacio para escondernos. Nos movíamos a gran velocidad, buscando siempre la ventaja sobre el rival. Yo comencé a ....
mientras .... y ....

Pero la Abuela, que era una jugadora muy experimentada, contraatacó con .... y luego .... y luego una doble ración de .... Pero entonces, ¡cometió el error imperdonable de ....! Aquella oportunidad era **una entre un millón**, así que aproveché para .... forzándola a salir de su cobertura. Desde allí, logré tomar una mejor posición desde la que .... Ella intentó defenderse, pero ya era tarde: yo estaba .... y a tope de power. Finalmente, con un último ...., logré ganar la partida y...

TRANSFORMACIÓN DEL RULAS N.º 3

CROQUET LEAGUE

A ver: una cosa es que me persigan a tiros por una isla y tener que vérmelas con la Abuela en modo chiflada total y con sus pistolones. No es algo que me mole mucho, pero uno ya ha visto casi de todo en estos libros y al final se acostumbra a esa clase de cosas.

Pero lo que no había visto nunca es... es... es...

¡esto!

¿Ein? ¿Qué dices?

¿Que entiendes que esté mosca porque me he convertido en *un coche*? ¡No te enteras, colega! ¡Estoy mosca porque me he convertido en **este** coche! Fíjate, fíjate: no tiene ni alerones *to guapos*, ni unas llantas bien *curradas* y *relucientes*, ni un motor *trucao*, ni un sistema de sonido con *woofer*, *subwoofer* e *infrawoofer*, ni un montón de multas por exceso de velocidad sin pagar en la guantera...

¡Si es que este buga no es para nada mi estilo!

En fin. Supongo que habré ido a parar al típico *jueguecito de carreras*. **¡Psé!** ¡A mí lo que me mola no es *jugar* a las carreras, sino *hacerlas*! Aunque ahora que me fijo, este circuito es *mazo raro*, ¿no? En realidad, no se parece demasiado a un circuito de carreras. Se parece más bien a...

—*¿... Un estadio?*

En este videojuego no estamos en un *juego de carreras*, Rulas. Hemos ido a parar nada menos que al...

¡CROQUET LEAGUE!

—¡Oh no! ¡El *pelocepillo*! ¿Otra vez tú paseándote por mi libro? **¡Qué ansias de protagonismo que tienes, chaval!**

—¡Sí, el coche amarillo soy yo, Animalize! Después de regalarte la consola volví para preguntarte si te había gustado, porque me pareció un poco extraño no oírte *gritando*, *soltando tacos* y *liándola parda* como siempre. Pero cuando entré en tu tienda de campaña... ¡la *consola piratilla* me absorbió a mí también! ¡Ahora soy otra *víctima más* de su maldición, Rulas!

—Vale, vale, Animalizes, cuando dejes de ir por ahí *llorando*, **¿te importaría decirme qué hay que hacer para salir de este juego?**

—¿Nunca has jugado al CROQUET LEAGUE?

—**¡Qué va, bro!** ¡Las únicas *croquetas* que conozco son las *croquetas rancias* que mi abuela me obliga a comer cada vez que voy a visitarla!

—Pues no tiene mucho misterio: para superar el reto de este juego, solo hay que marcar un gol en esa portería de ahí.

—**¡Buah!** ¡Eso está *más chupao* que una bolsa de pipas en un banco del parque, hermano!

—**¿En serio?** ¡Pues díselo a *esos dos* de ahí!

¡A mí esos dos no me asustan! Ahora que estoy en posesión del balón —o *in possession of the balloon*, para los que no sabéis inglés— solo tengo que avanzar y...

—¡Pásamela, Rulas!

Nah, yo a lo mío. Sé que puedo hacerlo. Todo está en la mente. Y yo tengo la mente de un *winner*. Tengo que concentrarme. Concentrarme en el *partido*. Nada más que en el *partido*. Lo único que existe es el *partido*. Mmm... **¿me habré dejado el gas del hornillo abierto?**

—¡Rulas! ¡Pásame la pelota, que **estoy solo**!

No debo escuchar. Solo avanzar. Rápidamente. Soy el más rápido. Más rápido que una bala. *¿El viento*? ¡A mi lado es un *lentorro*! *¿La luz*? ¡Cuando la luz llega a los sitios, a mí ya me ha dado tiempo a *pedir unas aceitunas*, *comérmelas* e irme sin *pagar la cuenta*!

—Estooo... **¿Rulas?**

¡No puedo detenerme ahora!
¡Estoy demasiado cerca de la portería!

¡Tan solo debo avanzar unos metros más!

¡Solo unos metros!

¡Puedo hacerlo!

—Me sabe mal decírtelo, Rulas... ¡pero vas *tan despacio* que no has avanzado ni veinte centímetros en todo este rato, hace tiempo que te han robado el balón y **ya nos han metido un gol**!

Mmmm... Creo que habría que echarle que una manita al Rulas. ¡El pobre ya ha perdido **otra vida**! Verás, resulta que en este juego existe un *código ultrasecreto legendario* que tal vez ayude a desbloquear todo su *potencial oculto*. ¿Te animas a intentar activarlo?

De entre todas las combinaciones
de botones que verás a continuación,
tienes que encontrar la que sea igual que esta:

1

2

3

4

5

6

Solución en páginas 142-143.

¡Esto ya es otra cosa! ¡Ahora estoy ready! ¡A tope de power! ¡En mi prime! ¡Bim, bim! Aunque los dos bugas del equipo contrario siguen *mirándome mal*. ¿Pero qué se han creído ese par de *flipaos*? Puede que yo no sea un coche *to tocho* como ellos, **¡pero a veces ser un poco canijo también tiene sus ventajas!** Y si tú tampoco me crees, *sigue leyendo*. Ya verás cómo les enchufo... un *go-la-zo*.

RULAS
EL RULAS SE DESHACE CON HABILIDAD DE SUS DOS RIVALES Y SE QUEDA SOLO ANTE LA PORTERÍA. CHUTA YYYY...

—**¡Nooo! ¡No puedo creerlo!** Lo tenía a huevo y...

¡HE FALLADO EL TIRO!

—**¡No te preocupes, Rulas!** ¡He recuperado el balón y voy a rematar a puerta!

—¡NOOOOO!

—¿Cómo que *nooooo*? ¡Es lo que tenemos que hacer para superar el reto de este juego!

—Ya, ¡pero es que no quiero que el gol lo metas *tú*! **¡Debería meterlo yo, que para algo soy el prota!**

—¡Yo no tengo la culpa de que seas más malo que *pegarle a un padre*!!

—¡A mí no me vaciles, que te suelto una colleja!

—¡Ya me dirás con qué manos vas a hacerlo! Lo siento, **¡pero voy a tirar a puerta!**

—¡NOOOOO! ¡Serás chupón!

Tengo que hacer algo para que no se lleve todo el mérito él.

I HASI FUE KOMO EL RULAS I NO EL HINUTIL ESE DEL ANIMALIZE METIÓ UN GOLAZO MAZO GUAPO I SUPERÓ EL RETO ESE DEL JUEGO DEL COCRETAS LIGUE EL SOLITO I SIN ALLUDA DE NADIE.

¡ZAP ZAP ZAP!

TRANSFORMACIÓN DEL RULAS N.º 4

CUTRÉMON

¡Vaya calambrazo, colega!

Pero oye, al menos he recuperado mi *aspecto humano.* Aunque tengo que admitir que eso de ser un cochazo durante un rato, ¡ha sido *bastante guapo*!

En fin, a ver a qué *nuevo reto chorra* me toca enfrentarme ahora...

—¡AL *ÚLTIMO DE TU VIDA*, PILTRAFILLA! ¡TU *NUEVO RETO* ES ENFRENTARTE *A MÍ* EN UN DUELO CUTRÉMON EN EL QUE SOLO PUEDE *QUEDAR UNO*!

—**¡Echa el freno, bro!** Tengo un par de preguntitas para ti. La primera es... **¿quién demonios eres tú?**

—¿CÓMO QUE *QUIÉN SOY*? ¡SOY TU *PEOR PESADILLA*!

—Mi *peor pesadilla* son estos *libros horribles* que me toca protagonizar de vez en cuando, así que no te tires tanto el rollo...

—YO SOY EL CUCHILLAS. CREO QUE NUESTROS CAMINOS NUNCA SE HABÍAN CRUZADO HASTA AHORA. ES UNA PENA QUE EL TUYO *SE TERMINE AQUÍ*.

—Ya. **¡Mira cómo tiemblo!** ¿Y qué es esa movida del *duelo* CUTRÉMON?

—PUES... HUMMM... CÓMO TE LO EXPLICO... PARA EMPEZAR, LOS *CUTREMONES* SON... ALGO ASÍ COMO... *ANIMALES*... SOLO QUE NO SON *ANIMALES REALES*... Y EL ÚNICO SONIDO QUE SABEN EMITIR ES... REPETIR *SU PROPIO NOMBRE*... UNA

Y OTRA VEZ... COMO SI FUERAN *MEDIO LELOS*, ¿SABES? Y RESULTA QUE PUEDEN METERSE DENTRO DE UNA *ESPECIE DE BOLA*... Y ESA BOLA SUELE SER *MÁS PEQUEÑA QUE EL TAMAÑO DE SU CUERPO*... PERO DE ALGUNA FORMA CABEN DENTRO... Y PUEDEN PASARSE UN MONTÓN DE TIEMPO AHÍ... SIN *MORIR ASFIXIADOS* O DE *HAMBRE* Y... Y... BUENO, ¡QUÉ MÁS DA LO QUE SEAN! LO IMPORTANTE ES QUE DEBES CONSEGUIR *TU PROPIO EQUIPO DE CUTREMONES*. Y CUANDO LO TENGAS, DEBERÁS ENFRENTARTE AL MÍO. AUNQUE NO SÉ SI VALE LA PENA NI QUE LO INTENTES. ¡MI EQUIPO Y YO TE VAMOS A DAR *LA PALIZA DEL SIGLO*!

—Bufff. **¡Qué pereza, colega!** ¿Me estás diciendo que me va a tocar pasarme la tarde *atrapando bichejos* por ahí? ¿Es que tengo pinta de currar en la *perrera municipal* o qué? Aunque si ese parguelas del Cuchillas ha podido hacerlo, **¡seguro que yo también!** Tengo unas cuantas *bolas tochas* de esas. Solo tengo que encontrar unos cuantos *cutremones salvajes* y *lanzárselas*. ¡No puede ser tan difícil! Mmm... ¡Por allí va uno!

¡Allá voy!

¿QUIÉN ES ESTE CUTRÉMON?

ES... ¡RÍO!
Vaya... Más vale que el chucho este cuente como cutrémon, porque no pienso devolverlo. Espero que el siguiente me salga un poquito más mazao y más bravo. ¡Eh! ¡Creo que he visto otro! ¡A por él!

¿QUIÉN ES ESTE CUTRÉMON?

ES... ¡BOTA ROÑOSA!

¡Puag! ¡Este todavía es peor que el anterior!
En fin. Creo que he visto algo entre esos cubos de basura de ahí. ¡Voy intentarlo una vez más!
¡A por él!

¿QUIÉN ES
ESTE CUTRÉMON?

ES... ¡LIBRO EN LA BASURA!

¡Eh! ¡¿Quién ha tirado mi libro a la basura?!
Como descubra al culpable...
¡le enchufo!

¡Algo me dice que con este equipo el Cuchillas me va a dar una paliza!

Pero en su equipo hay *cuatro cutremones*, así que aún me queda una oportunidad. ¿Qué te parece si me echas una mano con el *último?*

DIBUJA Y COMPLETA LAS CARACTERÍSTICAS DE TU CUTRÉMON

NOMBRE

HABILIDADES ESPECIALES

ALTURA

PESO

CARACTERÍSTICAS DEL CUTRÉMON

Bueno... estooo... supongo que para ser tu primer cutrémon *no está del todo mal*. Y ahora, **¡vamos a demostrarle a ese parguelas del Cuchillas quién es el entrenador cutrémon definitivo!**

COMBATE 1

Pokarchu usó directo

¡Zapato roñoso está fuera de combate!

Rellena los espacios en blanco con uno de los ataques de cada uno de tus cutremones (u otro que te inventes tú) para hacer que venzan a los del Cuchillas.

COMBATE 2

Río usó ....
....
....
....

¡Charmonger ha caído en combate!

Ataques de Río

Ladrido Estelar - Baile Cuqui - Superlametón Salivoso - Gemido Psicofónico

COMBATE 3

Libro en la Basura usó..

....

....

....

¡Chustasaur ha caído en combate!

Ataques de Libro en la Basura

Ráfaga Apestosa - Aluvión de 175.000 lectores - Golpe Cubierta Correosa - Páginas SuperNovas

COMBATE 4

_____________________ usó..

....

....

....

¡Pinchortler ha caído en combate!

Ataques de ______________

____

Escribe los ataques de tu Cutrémon:

____

____

____

____

¡Chúpate esa, Cuchillas!

Y... **¿ya está?** ¿No me dan ningún premio? Al menos en *el Rulas y la Copa Legendaria* me dieron una copa legenda...

ZAP!

TRANSFORMACIÓN DEL RULAS N.º 4

MATÓN STARS

Vaya, ¿qué será esto de MATÓN STARS? El nombre no da mucha tranquilidad, que digamos. A ver a quién me encuentro por aquí...

ELRULAS: 0
SANTI: 0
¡HOLA, RULAS!
Santi
ElRulas
ELRULAS: 0
SANTI: 0
¡OH, NO, EL PARGUELA DE SANTI!
ElRulas
Santi

ELRULAS: 0
SANTI: 0
TRANQUI, RULAS, SOY UN PRO DEL MATÓN STARS
ElRulas
Santi

ELRULAS: 0
SANTI: 0
ES FÁCIL: TENEMOS QUE ELIMINAR A TODOS LOS ENEMIGOS... ¡... Y NO MORIR NOSOTROS!
ElRulas
Santi

ELRULAS: 0
SANTI: 0
ElRulas
Santi
ElRuso8425
ELRULAS: 0
SANTI: 0
Santi
ElRulas
ElRuso8425

ELRULAS: 0
SANTI: 0
¡PERO NO PUEDES IR ASÍ, A LO BESTIA!
Santi
ElRuso8425
ElRulas

ELRULAS: 0
SANTI: 0
¡OBSERVA CÓMO SE HACE!
Santi
¡DAVAAAI!
ElRuso8425
ElRulas

ELRULAS: 0
SANTI: 1
Santi
ElRulas
ELRULAS: 0
SANTI: 1
ElRusodavaai25
ElRuso666
¡RÁPIDO, RULAS, VE A POR LA MEGACAJA!
Santi
ElRulas

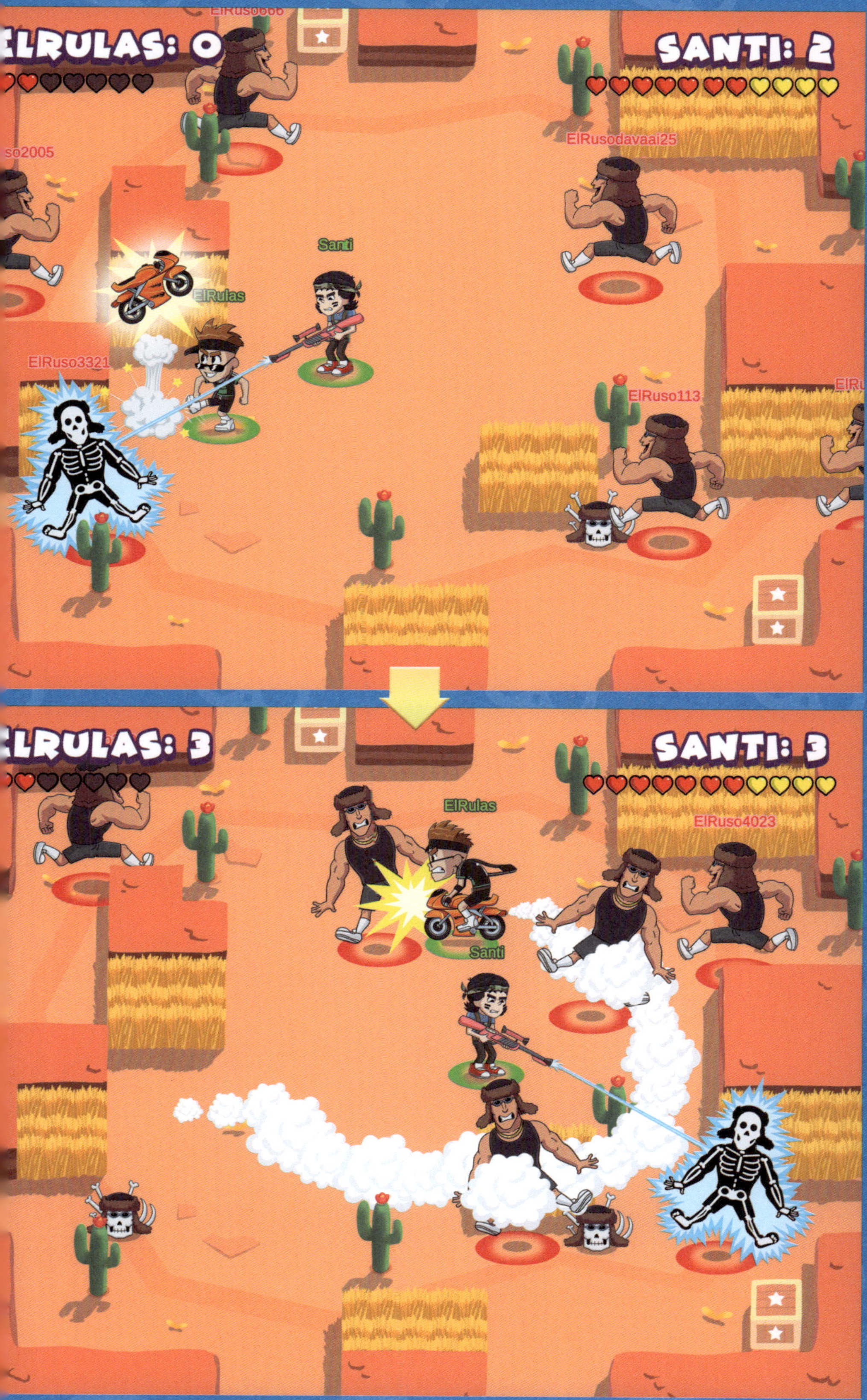
ELRULAS: 0
SANTI: 2
ElRusodavaai25
Santi
ElRulas
ElRuso3321
ElRuso113
ELRULAS: 3
SANTI: 3
ElRulas
ElRuso4023
Santi

ELRULAS: 5
SANTI: 3
ElRulas
Santi
ElRuso3321

ELRULAS: 5
SANTI: 3
ElRulas
Santi

LRULAS: 5
SANTI: 3
ElRulas
Santi

LRULAS: 5
SANTI: 3
Santi
ZAP
ZAP
ZAP
ZAP

TRANSFORMACIÓN DEL RULAS N.º 5

PIFA

¡UNMOMENTOUNMOMENTOUNMOMENTO!

¡Este juego lo conozco! ¡Es el PIFA! ¿Que qué narices significa eso? Pues son las siglas de *Pandilla* de *Impresentables Futboleros* en *Acción*, ¡que no te enteras! ¡El juego de fútbol más popular del momento!

¿Te he contado alguna vez que yo he protagonizado un libro sobre fútbol titulado *El Rulas y la Copa Legendaria*? *¿Cómo*? ¿Que *sí* que lo he hecho? ¿Y que deje ya de dar la brasa con mis libros? **¡Eh! ¡Te calmas un poquito, ¿vale?!** Si he mencionado *El Rulas y la Copa Legendaria* no ha sido para recordarte que el libro sigue a la venta en todas las librerías del país. Ni para presumir de que es un libro con una historia de superación y deportividad *mazo tocha*. Ni de que está repleto de ilustraciones *geniales* a todo color y de actividades que *te partes la caja*. ¡Yo jamás haría una publicidad tan cutre y descarada!

Si he mencionado *El Rulas y la Copa Legendaria* —**¡todavía a la venta!**— es porque en él me enfrenté al mejor equipo de mi barrio a pesar de que nadie daba ni *medio euro* por mí. Y si entonces pude ganar el trofeo, no veo por qué no iba a poder hacerlo esta vez tambi…

¡Jo! ¡Esto va en serio, tronco! Tengo que formar un equipo de *cinco jugadores* de entre todos los parguelas que conozco, ¡pero solo puedo elegir *lo mejor de lo mejor*! ¡*La crema de la crema*! —*The best of the best*, para los que no sabéis inglés—. El problema es, ¿cómo saber quiénes son los mejores? Pues como siempre se ha hecho, claro: ¡averiguando sus *unidades de habilidad futbolera*! **¡Tírate un poco el rollo y ayúdame a calcularlo, anda!**

Resuelve las operaciones para saber las Unidades de Habilidad Futbolera de cada jugador.

3 X 30 =

10 + 30 + 45 - 5 =

65 - 25 =

27 + 35 - 5 =

Solución en páginas 142-143

¡Guau!

¡No habría dicho que esos eran los *mejores jugadores* ni en un millón de años! ¿Seguro que has hecho los cálculos bien? Y por cierto: **¿has visto lo que acaba de pasar aquí?** ¡Te hemos colado una *actividad educativa*, así, en plan *zasca*, como quien no quiere la cosa!

¡Va dedicada a todos los haters que dicen que con mis libros no se aprende nada!

Venga, vamos a dejarnos de rollos, que esto ya está a punto de empezar. Aunque con este *equipazo* que me has ayudado a montar,

¡el partido ya es nuestro!

Pe... pe... pero... **¡¿qué ha pasado aquí?!** ¡Si no llevamos ni *cinco minutos* de partido! **¡Y mira: ya tengo una vida menos!**

Algo me dice que esto no *está funcionando*. Puede que haya llegado el momento de hacer esto a lo *Rulas Style*. ¿Qué? No, no, esta vez no me refiero a *hacer trampas*. Me refiero a... ¡tirar de *pura intimidación*! Ya conoces el refrán: si no puedes contra ellos... *acaba con ellos*. **¡Y creo que se me ocurre la persona perfecta para hacerlo!**

—¡JA, JA, JA! ¡YO CONTENTO DE APARECER EN TU LIBRO, CANIJO AMIGO!

—Sí, sí, vale, vale. ¿Pero tú te acuerdas un poco de cómo iba la movida esta del futbol? Lo digo porque ya ha pasado *un tiempecito* desde que jugamos la copa legendaria, y... bueno... **ya sabes...**

—NIET. YO NO SÉ. ¿QUÉ QUERER DECIR TÚ?

—Que lo que tienes de fuerte *físicamente*, no sé si lo tienes *mentalmente*... y quizá ya se te haya olvidado, tronco.

—¡JA, JA, JA! ¡SIEMPRE TAN GRACIOSO, RULAS! ¡YO TE INVITO A VOLVER A DECIRME ESO A LA CARRRA, POR FAVOR!

—Valevalevale... **¡lo retiro! ¡lo retiro!** ¡Pero deja esa motosierra en el suelo!

—ADEMÁS, YO TAMBIÉN TENGO *LIBRO PROPIO DE DEPORTES*. ¿O ES QUE TÚ NO RECUERDAS?

—Ya, pero es que en tu libro... a lo que juegas es a baloncesto.

—BALONCESTO, FUTBOLCESTO... ¡TODO LO MISMO! COGER PELOTA, ANIQUILAR OBSTÁCULOS, DEJAR PELOTA.

—Psé, a mí con eso ya me vale.

¡A por ellos, Ruso!

—*¡DAVAAAAI!*

Elige una de las viñetas y gira la página para ver si la jugada termina en gol.

SH
KAIK
YAFHAJA
EVER
PIIIIIIIIIIIIIIII!!!!!
GOL
GOL
GOOOL

¡Vaya golazo, colega! Ahora solo tenemos que meter *otros quince como ese* y ya estaría la cosa.

¡Toma ya! ¡Les ha entrado el canguelo con el Ruso y se han rendido! **¡He ganado!** Quiero decir, que *hemos* ganado, **¡deja de amenazarme con ese bate, Ruso, hazme el favor!** El caso es que ha sido un *par-ti-da-zo*. Breve pero intenso, ¡como tiene que ser! A ver si me da tiempo a *ponerme to guapo* para recoger el trofeo y salir *to flama* en las fot...

ZAP!

TRANSFORMACIÓN DEL RULAS N.º 6

MINEWORLD

¿Te puedo decir una cosa? ¿Un secretito *entre tú y yo* que no salga de aquí? **¿Sí? ¿Seguro?** Vale, pues acerca la oreja que te lo diré muy *bajito*. Ah, claro, ¡que esto lo estás *leyendo*! Pues entonces acerca los ojos:

¡ya estoy hasta las c&@$#/° narices de esta c&@$#/° historia!

Cuando no hay *plataformas mortales*, hay *enemigos*. Cuando no hay *enemigos*, hay *bichos raros*. Cuando no hay *bichos raros,* hay alguien intentando *darme una tunda a algún deporte*. Por una vez, no estaría mal ir a parar a un sitio un poco tranquilito como... como... mmm... no sé... ¿como *este*?

Pues oye, **¡tampoco se está tan mal aquí!** Es verdad que me noto más tieso que un *turrón caducado*, pero supongo que podría acostumbrarme a eso. Hace un día mazo guapo y todos estos colorines me molan. Y lo más importante de todo: no hay ni rastro del *pelocepillo* calentándome la chota y metiéndome en problemas cada vez que tiene que sacar uno de sus libros...

¿Sabes qué? ¡Que me quedo a vivir aquí! ¡Decidido! ¡Fin de la historia! ¿Cómo? ¿Que menuda birria de final es este? ¿Que esto es un *timo* y que quieres que te devuelvan el dinero? A ver, parguelas: para empezar, me juego lo que quieras a que este libro no lo has pagado tú. Lo han pagado tus padres o alguna persona adulta. Y para seguir, como se te ocurra chivarte... **¡TE ENCHUFO!** ¿Que cómo te voy a enchufar si no logro escapar del videojuego?

¡Pues yo qué sé!
¡Ya se me ocurrirá algo!

De momento, te quiero desfilando. Si este libro te ha sabido a poco, pues te lees *Animalize21 y el misterio de la Fantasy House* y a mí me dejas en paz. **¡Venga! ¡Aire! ¡Que te pires!**

FIN

Animalize21

Álvaro García, más conocido como **Animalize21**, es un *youtuber* y *tiktoker* español con millones de seguidores.

Desde pequeño, siempre fue el graciosillo de la clase y destacaba por su humor y sus tonterías. Le gustaba hacer reír a los demás.

Con solo catorce años, creó un canal en YouTube para cumplir su gran sueño: ser el gran *youtuber* que es hoy.

Tras un largo recorrido en esta plataforma, Animalize creó también una cuenta en TikTok con el mismo sueño: llegar a ser un gran *tiktoker*. Hoy es uno de los *tiktokers* **con más seguidores de toda España**, por lo que se puede decir que ha cumplido otro de sus grandes sueños.

En sus vídeos, se pone pelucas, se disfraza e interpreta una **infinidad de personajes** que él mismo ha creado y que representan situaciones supercómicas.

Sus padres piensan que está loco, pero le quieren mucho y le apoyan en esta aventura.

El Rulas

El Rulas es un chaval bastante chungo y conflictivo.

¿Cómo que conflictivo?
¡A QUE TE ENCHUFO!

Ninguna de las ideas que pasan por su mente son buenas y siempre está pensando en liarla.

¡Eso es verdad, tronco, me flipa liarla!

Se crio en un barrio muy humilde y se tuvo que buscar la vida desde pequeño para cumplir su mayor sueño, **¡comprarse su primera motillo!** Con catorce años lo consiguió y, desde entonces, comenzó a vacilar a todo el mundo en su barrio hasta el día de hoy.

¡Ay, el primer día con mi motillo, lo recuerdo como si fuera ayer!
¡BIM, BIM, BIM!

Y, aunque él haya crecido, la motillo sigue siendo la misma, por eso le queda tan pequeña.

¡No la cambio por nada del mundo, hermano!

UN TIEMPO INDEFINIDO DESPUÉS...

¿Qué pasa? ¡Soy yo, el Rulas!

¡El macarrilla más famoso de todo MINEWORLD!

¿Cómo? ¿Que eso ya lo has leído en el *primer capítulo*? ¿Que es la segunda vez en el libro que me presento? *Averaveraveraver*... te calmas un poquito, ¿eh? No sé si lo sabías, pero en este juego, ¡el tiempo va más rápido que una *motillo cuesta abajo!* No sé cuánto tiempo habrá pasado *ahí fuera*, pero *aquí dentro* ha llovido lo suyo. **¡Ya casi ni me acordaba de tu careto!**

La cosa es que aquí soy el *amo*, el *número uno*, —el *namber guan*, para los que no sabéis inglés—, el que *parte la pana*, el que *maneja el cotarro*, el que... **¿Cómo dices?** ¿Que por qué no te hago una *pequeña ruta* y te explico cómo es un día de mi vida aquí? Estooo... claro, claro...

¡sin problema, *bro*!

ASÍ ES COMO LO EXPLICA EL RULAS:

Hoy el sol ha salido tan cuadrado como siempre. Las vacas, esos cubos marrones y blancos, ya están dándole al pasto como si no hubiera un mañana. Yo me acerco a ellas y les doy de comer (que es lo que les mola). Después, me voy al campo a recoger el trigo, que está de lujo, con esas espigas doradas que parecen lingotes de oro. Las gallinas (¿o son patos?) me siguen por todas partes, picoteando como si no hubiera un mañana. Yo me río y les lanzo un par de semillas para que estén del chill un rato. Cuando termino, me doy cuenta de que las ovejas también están ahí, mirando desde la cerca, con sus caritas cuadradas y sus lanas de colores. Les tiro un poco de hierba y se acercan como si me conocieran de toda la vida. Un rato después, me siento en el porche a descansar. Ha sido una mañana redon... digo, ¡cuadrada!

... PERO ESTO ES LO QUE PASÓ EN REALIDAD:

ASÍ ES COMO LO EXPLICA EL RULAS:

Hoy toca tarde en la mina, así que pillo el pico de hierro y me meto bajo tierra, donde el aire está fresquito y todo parece en calma. De entrada, el sitio está más oscuro que un yogur de petróleo, pero yo me he traído mis antorchas y lo alumbro todo dándole un rollito íntimo al agujero este. Empiezo a darle a la roca unos golpes que suenan de lujo, y al rato encuentro carbón. Sigo bajando y descubro hierro. Lo pico con ganas y los bloques caen rápido. Un rato después, la cosa sigue mejorando: me topo con lapislázuli, que tiene ese color azul que está to flama. La cueva está en silencio y solo se oye el eco de mis picotazos. Al final, consigo un par de vetas de oro y me siento como un rey. Salgo de la cueva con el saco bien lleno, justo a tiempo para ver cómo cae la tarde. El cielo está pixelado y perfecto,

¡como tiene que ser!

... PERO ESTO ES LO QUE PASÓ EN REALIDAD:

ASÍ ES COMO LO EXPLICA EL RULAS:

El sol ya empieza a caer y el cielo se ha puesto todo naranja y rosa, como si fuera un filtro de foto mazo guapo. Decido salir a dar una vuelta por el campo para despejarme un poco la chota. Camino tranquilo por el césped, que se mueve con el viento como si estuviera en un video de esos de relajación. Los árboles, con sus hojas cuadradas, también se mueven con mucho flow. A medida que avanzo, el sol se esconde detrás de las montañas y el cielo se va poniendo cada vez más oscuro. Por suerte, las estrellas empiezan a aparecer, brillando como pequeños bloques de luz en el techo que iluminan el lugar. Todo está en calma, no hay ni un bicho raro. Yo sigo con mi paseo, mirando cómo se hace de noche y disfrutando del paisaje pixelado, tan tranquilo que me da hasta pereza volver a casa.

... PERO ESTO ES LO QUE PASÓ EN REALIDAD:

Vale, vale, lo admito: **¡este sitio es lo peor!** ¡Ya solo me queda una vida y está lleno de peligros! **¡Y no puedo ir en la motillo!** ¡Ni puedo comer pipas en el parque con los colegas! ¡Ni puedo mangarle el bocadillo a los parguelas del cole a la hora del recreo, porque aquí no hay *bocadillos*, ni *parguelas*, ni *cole*, ni *hora del recreo*! Lo único que hago es pasarme el día *picando piedra* y currando más que *el dentista de un tiburón*! En fin, si me acompañas a la *Minecraftasy House*, te cuento esta movida más tranquilamen...

¡Oh no! ¡Otra vez! ¡Cada vez que se hace de noche vienen estos *bicharracos tan feos* y se cargan todo lo que he hecho durante el día! Nunca creí que diría eso, pero...

¡ojalá pudiese volver a casa!

—¡Pues tienes SUERTE de que esté yo aquí, PARGUELAS!

—**¡¿Rulaemon?! ¿Qué pintas tu aquí, tronco?** ¡Creía que eras un personaje exclusivo de *La épica vuelta al mundo*, mi aventura anterior!

—¡LO ERA! Pero nos hemos quedado sin personajes y necesitábamos a alguien que te explicase el *reto para salir de este juego*. Si tenemos que esperar a que lo descubras *tú solito*, ¡esto terminaría siendo UN LIBRACO MÁS TOCHO que *Don Quijote de la Mancha*!

—**¡Otra vez con el Don Quijote ese!** Como lo vea por el barrio... **¡le enchufo!**

—*Le enchufo, le enchufo...* ¡PERO SI TÚ NO SERÍAS CAPAZ DE ENCHUFAR NI UNA BATIDORA, TIRILLAS! Deja de dar la brasa, ponte el **cacharrocóptero** y acompáñame, anda.

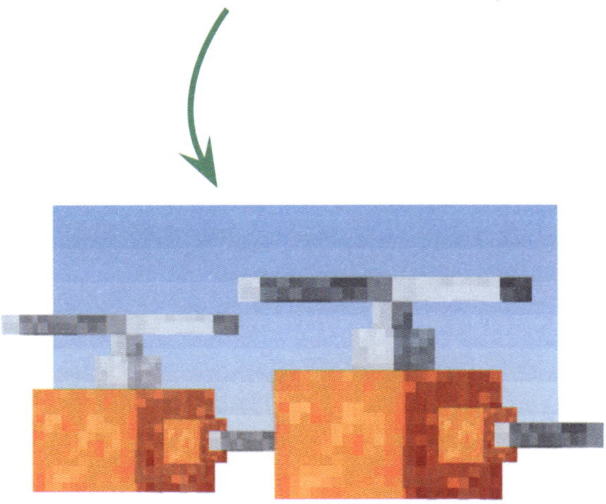

—Te cuento, chaval: para salir de *MINEWORLD* lo único que tienes que hacer es... bueno, **¡SALIR DE MINEWORLD!**

—**¿En serio?** ¿Y eso es lo que no podría haber descubierto *yo solito*?

—**NO TE EMBALES, HERMANO**, que te veo muy sobrado. Estamos acercándonos al **CENTRO DEL JUEGO**, que es donde se encuentra la **MINEPUERTA**. Tú solo tienes que *atravesarla* y estarás fuera. El problema es que antes... tienes que *abrirla*, claro.

—Bah, ¡eso será un problema *para ti*, pero no para *el Rulas*! **¡Yo aprendí a forzar cerraduras antes que a leer y a escribir!** De hecho, lo de leer y escribir todavía lo estoy trabajando. ¡Tú solo dame un alambre, un chicle y una tarjeta de metro y ya verás!

¡No hay puerta que se me resista!

—¿El chicle lo quieres de *menta* o de *fresa*?

—**¡Bufff!** ¡Abrir esa puerta *por las malas* va a ser un auténtico marrón! Pero si hay una cerradura tiene que haber una llave. Si pudiese conseguir una...

—Ah, no, si llaves hay unas cuantas... Mira, ahí las tienes, hermano. El problema es que solo tienes una oportunidad para intentar abrirla, así que tienes que encontrar **LA ÚNICA LLAVE** capaz de abrir este candado. **¡SI FALLAS...** en fin, tampoco quiero ponerte nervioso, pero digamos que este libro **NO VA A TENER UN FINAL FELIZ!**

Encuentra la llave cuya forma coincida con la de la cerradura.

Solución en páginas 142-143.

¡Hecho!

¡Adiós, Rulaemon, hermano!
¡Nunca te olvidaré!

¡Salvo que no vuelvas a aparecer nunca más en ninguno de mis libros, que en ese caso fijo que me olvido de ti!

¡Hasta nunca, pringao!

ZAP
ZAP!

CAPÍTULO 9

¡Eh!

¡Ya no estoy en ningún juego!

Estoy...

Estoy...

¡... en el núcleo de la consola!

—SALUDOS, MATERIA ORGÁNICA.

—**¡¿Qué me has llamado, carapíxel?!** ¡A que te enchufo! O mejor dicho... **¡a que te desenchufo!** Venga, ya me estás sacando de aquí, *saco de chips*, que he superado los retos de todos tus juegos.

—NEGATIVO. TE HE CAPTURADO PORQUE ERES EL PERSONAJE QUE HA HECHO QUE MÁS DE 175.000 NIÑOS SE LANCEN A LA LECTURA. SI LOS NIÑOS HUMANOS ESTÁN LEYENDO TUS LIBROS, NO ESTÁN JUGANDO A MIS VIDEOJUEGOS. ESO NO PUEDO PERMITIRLO. TU COLECCIÓN DE LIBROS DEBE TERMINAR DE INMEDIATO.

—Pero a ver, *tolái*, ¿no ves que todo lo que me ha pasado desde que me atrapaste aquí dentro es el material de mi *nuevo libro*? **¡Si no lo hubieses hecho, este libro no habría existido!**

—...

—**¡Ja, ja, ja!** ¿Te explota la cabeza, hermano?

—Estooo... ¿hola?

—HUMANO INSENSATO. INTENTAS CONFUNDIRME. PERO TE DERROTARÉ CON MIS RETOS MÁS DIABÓLICOS. ESTÁS A PUNTO DE CONTEMPLAR LA GRANDEZA DE MI ULTRASOFISTICADO CEREBRO DIGITAL. ESTÁS A PUNTO DE ENFRENTARTE A MIS ...

DESAFÍOS VIRTUALES

—Lo que tú digas, tronco. A estas alturas ya no nos va de una actividad más o una menos, y además sigo contando con la ayudita extra de mi querido lector...

¡Hola! Sigues ahí, ¿verdad? Necesito una última ayuda. Solo me queda una vida y esta maldita consola me quiere fulminar. ¡Vamos a enfrentarnos a esos desafíos juntos!

DESAFÍO 1

Encuentra los nombres de todos los videojuegos que han aparecido en el libro:

E	U	G	A	E	L	T	E	U	Q	O	R	C
M	A	T	O	N	S	T	A	R	S	A	N	A
I	I	P	A	P	L	C	S	E	Z	A	M	M
T	L	S	E	C	L	U	A	N	B	R	P	P
E	U	G	A	E	L	T	E	U	Q	O	F	E
L	M	O	B	A	M	R	O	C	L	I	T	R
E	D	L	R	O	W	E	N	I	M	R	P	N
O	N	A	I	R	A	M	R	E	P	U	S	I
N	M	E	T	V	M	O	N	P	I	U	M	T
S	P	A	S	A	E	N	A	N	F	A	H	E
R	E	P	O	N	T	O	S	T	A	B	R	C

Solución en páginas 142-143.

—Vale, reto superado. Pero, ¿me puedes explicar qué tenía de *virtual*? **¡Era una sopa de letras normal y corriente!**

—SILENCIO. HAS LLEGADO MUY LEJOS. PERO TU RUDIMENTARIO CEREBRO DE HOMÍNIDO NO PUEDE IMAGINARSE LO QUE TENGO PREPARADO A CONTINUACIÓN.

—Mmm... déjame intentarlo: **¿otro desafío?**

— ...

DESAFÍO 2

Une cada imagen con el nombre del videojuego al que pertenezcan:

 → CAMPERNITE

 → SUPERMARIANO Y HERMANOS, DESATRANQUES

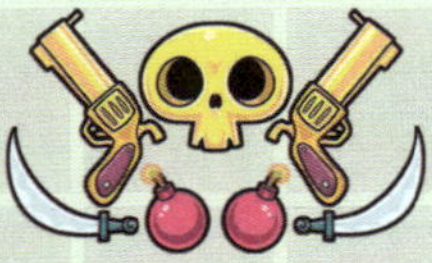 → CROQUET LEAGUE

 → MINEWORLD

 → CUTRÉMON

 → PIFA

 → MATÓN STARS

Solución en páginas 142-143.

—¡Este desafío estaba *tirado*, hermano! Y oye: estas movidas tienen de *virtuales* lo mismo que yo. **¡Son las mismas actividades que salen en todos mis libros!**

ESTO ES SOLO EL COMIENZO. PREPÁRATE A ENFRENTARTE A UN NUEVO DESAFÍO. ESTE HA SIDO CREADO CON MI SUPERPROCESADOR MATEMÁTICO.

DESAFÍO 3

¡Está claro que esta consola me está troleando! Y si le seguimos el rollo, puede que me tenga aquí resolviendo *actividades chorras* sacadas *de una revista de pasatiempos barata* hasta el fin de los tiempos. Así que creo que ha llegado la hora de resolver todo esto a lo *Rulas Style*. Y no, esta vez tampoco me refiero a *hacer trampas*, sino a hacer lo mismo que hago con todos los cacharros cuando se me estropean: **¡darle de golpes hasta que se arreglan!**

Así que lo que necesito que hagas es esto:

1. **Ir a la página 136.**
2. **Cerrar el libro.**
3. **Darle unos cuantos golpes.**
4. **Chillar: «¡Yo pongo fin a la maldición de la consola piratilla!» todo lo alto que puedas.**
5. **Estamparlo contra el suelo.**
6. **Y por fin... volver a abrirlo por la página 138, a ver si ha habido suerte.**

Bueno, yo ya estoy listo. **¿Tú también?** Pues una, dos...

¡y tres!

¡Ey, hola, soy Animalize otra vez!

No tengo *ni idea* de qué ha pasado aquí, pero no sabes lo que me alegro de haber salido del CROQUET LEAGUE ese. Imagínate: ¡cada vez que me entraba un poco de sed, lo único que me ofrecían eran *bidones de gasolina*!

Aunque no sepa cómo ha ido exactamente la cosa, estoy casi seguro de que tú has tenido algo que ver, así que ¡gracias! Pero una pregunta: **¿sabes dónde está el Rulas?** Desde que he vuelto a la Fantasy House no lo he visto por ninguna parte... Me extraña un poco que no dé señales de vida, porque el libro está a *puntito de terminarse*

¡Y ya sabes cómo le gusta a ese chupar cámara!

Creo que iré a echar un vistazo a su tienda de campaña.

¿Eh?

¿Qué son todos esos ruidos y esas luces que salen de ella?

¡Ahí dentro está pasando algo muy gordo!

¿Quizá el Rulas todavía está en medio de una lucha a muerte con la consola piratilla? ¡Si le pasase algo, nunca me lo perdonaría!

¡Aguanta, Rulas!
¡Voy a ayudarte!

¡Lee el QR para ver el vídeo de este momento!

¡AY, MADRE! EL RULAS SE DEJÓ LA CONSOLA ENCENDIDA... ¡Y TODOS LOS PERSONAJES HAN SALIDO AL MUNDO REAL!
A21

RULAS F.C
RULAS
FIN.

Soluciones

Página 31

Página 61

Página 96

Página 124

Página 132

E	U	G	A	E	L	T	E	U	Q	O	R	C
M	A	T	O	N	S	T	A	R	S	A	N	A
I	I	P	A	P	L	C	S	E	Z	A	M	M
T	L	S	E	C	L	U	A	N	B	R	P	P
E	U	G	A	E	L	T	E	U	Q	O	F	E
L	M	O	B	A	M	R	O	C	L	I	T	R
E	D	L	R	O	W	E	N	I	M	R	P	N
O	N	A	I	R	A	M	R	E	P	U	S	I
N	M	E	T	V	M	O	N	P	I	U	M	T
S	P	A	S	A	E	N	A	N	F	A	H	E
R	E	P	O	N	T	O	S	T	A	B	R	C

Página 133

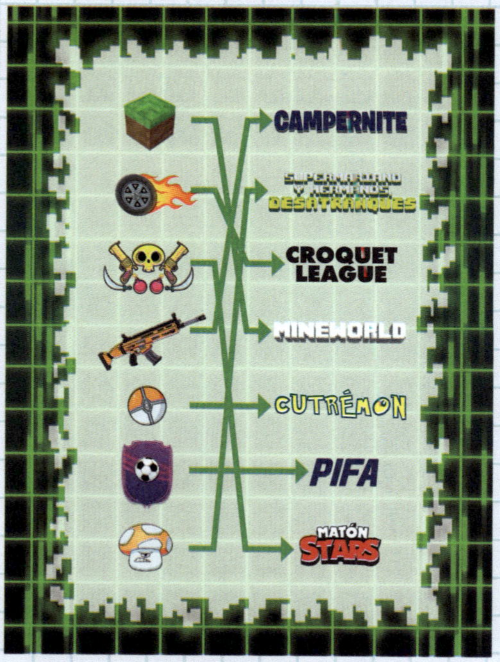

EL RULAS

EL RULAS
¡RATATAAA!

5
ELRUSO
UNIDADES DE HABILIDAD FUTBOLERA
1054

CUTRÉMON